* un petit livre d'argent *

Pas de blague !

Texte de Brigitte Delpech
Illustrations de Romain Simon

DEUX COQS D'OR

Tôt ce matin, l'ours Michka prend sa canne à pêche, son chapeau et ses lunettes de soleil, et se dirige vers la rivière.

Décidé à passer une bonne journée, il s'installe sur la rive et lance sa ligne en chantonnant. Mais on est si bien au soleil, à écouter l'eau clapoter autour du bouchon et à attendre les poissons… bientôt Michka s'endort !

C'est alors que Totor le castor pointe le bout de son museau.
« Oh oh ! Michka va bientôt se mettre à ronfler. Et si j'en profitais pour courir à sa tanière lui faire une petite blague ? »

Au détour d'un sentier, Totor tombe museau à museau avec Filou, le loup. À deux coquins, la farce sera meilleure ! Et Filou est très content de se moquer lui aussi de ce gros balourd de Michka.

Mais Solange la mésange, blottie dans un buisson, a tout entendu.

Michka est son ami, souvent il l'a abritée chez lui les jours d'orage. Elle ne peut pas laisser jouer un mauvais tour à un ours si gentil. Vite, elle s'envole vers la rivière.

Pas de Michka en vue. Où est-il passé ? Oh, le paresseux ! Il s'était roulé en boule dans les herbes pour dormir plus à l'aise. Les « cui-cui » affolés de Solange le réveillent en sursaut.

Furieux, il gronde :
« Qui ose ainsi troubler mon sommeil ? »

Solange raconte ce qu'elle a entendu.
« Ah ah, grommelle Michka, Totor et Filou vont voir de quel bois je me chauffe ! Nous allons, nous aussi, leur préparer une drôle de surprise ! »

Solange traverse la forêt pour alerter tous leurs amis : Michka va donner une bonne leçon à l'affreux Totor, que tout le monde vienne l'aider !

La bande des lapins gambade vers la tanière de l'ours. Croc le renard accourt. Même Dame Chouette, un peu fâchée d'être dérangée pendant son sommeil, se joint à eux.

Tout ce petit monde se rassemble chez l'ours pour se préparer à recevoir les deux affreux. Michka distribue de quoi se déguiser.

Des serviettes pour les lapins, un mouchoir pour Solange, un grand drap pour lui et pour Croc. En un clin d'œil, une dizaine de fantômes attendent dans la tanière…

Il était temps ! Totor et Filou approchent déjà. Michka souffle sa bougie, et tout le monde retient son souffle. Pas un bruit.

« On mangera toutes ses réserves de poisson, ricane Totor.
– Et on cassera tous ses pots de miel ! » ajoute Filou.

« À trois, tous ensemble », chuchote Michka. Un… les pas du castor et du loup s'approchent. Deux… la porte de la tanière s'ouvre. Trois… une nuée de fantômes se jette sur eux en criant ! Dame Chouette ulule de toutes ses forces, elle ne s'est jamais autant amusée.

Quel bazar !

Terrifiés, Totor et Filou s'enfuient vers la sortie, poursuivis par nos amis déchaînés.

Ils ont si peur qu'ils filent jusqu'au fin fond de la forêt… où ils sont sans doute toujours aujourd'hui. Bravo, Michka, quelle bonne leçon !